Art & Design Textbooks For Vocational
And Technical Colleges

# 高等学校高职高专艺术设计类专业规划教材

主编 陈海玲
副主编 严燕 刘绢绫

## Illustration Design

时代出版传媒股份有限公司
安徽美术出版社
全国百佳图书出版单位

# 高等学校高职高专艺术设计类专业规划教材

## 指导委员会

主　任　李　雪

副主任　高　武

委　员　（按姓氏笔画顺序排列）

| | | | |
|---|---|---|---|
| 王家祥 | 江　洁 | 杨文兰 | 沈宏毅 |
| 汪贤武 | 余敦旺 | 胡戴新 | 姬兴华 |
| 鹿　琳 | 程双幸 | | |

## 组织委员会

主　任　郑　可

副主任　张　波　高　旗

委　员　（按姓氏笔画顺序排列）

| | | | |
|---|---|---|---|
| 万藤卿 | 王　军 | 方丛严 | 何　频 |
| 何华明 | 李新华 | 邵　杰 | 吴克强 |
| 肖捷先 | 余成发 | 杨　帆 | 杨利民 |
| 郑　杰 | 胡登峰 | 荆　泳 | 骆中雄 |
| 闻建强 | 夏守军 | 袁传刚 | 黄保健 |
| 黄匡宪 | 程道凤 | 廖　新 | 颜德斌 |
| 濮　毅 | | | |

## 编写委员会

主　任　武忠平　巫　俊

副主任　孙志宜　庄　威

委　员　（按姓氏笔画顺序排列）

| | | | |
|---|---|---|---|
| 丁利敬 | 马幼梅 | 于　娜 | 毛孙山 |
| 王　亮 | 王茵雪 | 王海峰 | 王维华 |
| 王　燕 | 文　闻 | 冯念军 | 刘国宏 |
| 刘　牧 | 刘咏松 | 刘姝珍 | 刘娟绫 |
| 刘淮兵 | 刘哲军 | 吕　锐 | 任远峰 |
| 江敏丽 | 孙晓玲 | 孙启新 | 许存福 |
| 许雁翎 | 朱欢瑶 | 陈海玲 | 邱德昌 |
| 汪和平 | 苏传敏 | 李华旭 | 吴　为 |
| 吴道义 | 严　燕 | 张　勤 | 张　鹏 |
| 林荣妍 | 周　倩 | 荆　明 | 顾玉红 |
| 陶玲凤 | 夏晓燕 | 殷　实 | 董　苏 |
| 韩岩岩 | 蒋红雨 | 彭庆云 | 疏　梅 |
| 谭小飞 | 潘鸿飞 | 霍　甜 | |

图书在版编目（CIP）数据

插图设计 / 陈海玲主编. — 合肥：安徽美术出版社，2010.6

高等学校高职高专艺术设计类专业规划教材

ISBN 978-7-5398-2563-2

Ⅰ. ①插… Ⅱ. ①陈… Ⅲ. ①插图－设计－高等学校：技术学校－教材 Ⅳ. ① J218.5

中国版本图书馆 CIP 数据核字（2010）第 185052 号

高等学校高职高专艺术设计类专业规划教材

## 插图设计

主编：陈海玲　　副主编：严燕　刘绢绫

出 版 人：郑　可　　选题策划：武忠平

责任编辑：秦　超　　责任校对：司开江

封面设计：秦　超　　版式设计：徐　伟

责任印制：李建森　　徐海燕

出版发行：时代出版传媒股份有限公司

　　　　　安徽美术出版社（http://www.ahmscbs.com）

地　　址：合肥市政务文化新区翡翠路1118号出版传媒广场14F　　邮编：230071

营 销 部：0551-3533604（省内）

　　　　　0551-3533607（省外）

印　　制：安徽联众印刷有限公司

开　　本：889×1194　1/16　印 张：6

版　　次：2010 年 11 月第 1 版

　　　　　2010 年 11 月第 1 次印刷

书　　号：ISBN 978-7-5398-2563-2

定　　价：40.00 元

# 序 言

　　高职高专教育是我国高等教育的重要组成部分，其根本任务是培养适应经济社会发展需要的、德、智、体、美全面发展的高等技术应用型专门人才。当前，经济社会的发展既给高职高专教育带来了难得的发展机遇，同时也对高职高专院校的人才培养工作提出了新的、更高的要求。

　　艺术设计是高职高专教育中一个重要的专业门类，在高职高专院校中开设得较为普遍。据统计：全国1200余所高职高专院校中，开设艺术设计类专业的就有700余所；我省60余所高职高专院校中，开设艺术设计类专业的也有30余所。这些院校通过多年的不懈努力，为社会培养了大批艺术设计方面的专业人才，为经济社会的发展做出了重要贡献。但是，随着经济社会的不断发展及其对应用型人才要求的不断提高，高职高专艺术设计类专业针对性不强、特色不鲜明、知识更新缓慢、实训环节薄弱等一系列的问题突显出来。课程和教学内容体系改革成为当前高职高专艺术设计类专业教学改革的重点。

　　教材建设作为整个高职高专教育教学工作的重要组成部分，不仅是艺术设计类专业教育的关键环节，同时也会对艺术设计类专业课程和教学内容体系改革起到积极的推进作用。艺术设计类专业的教材建设同样也要紧紧围绕高职高专教育培养高等技术应用型专门人才的核心任务开展工作。基础课教材建设要以应用为目的，以必需、够用为度，以讲清概念、强化应用为重点，专业课教材建设要突出教学的针对性和实用性。此外，除了要注重内容和体系的改革之外，艺术设计类专业的教材建设同时还要注重方法和手段的改革，以跟上经济社会发展的实际需求。

在安徽省示范院校合作委员会（简称"A 联盟"）的悉心指导和帮助下，安徽美术出版社根据教育部《关于加强高职高专教育教材建设的若干意见》以及《关于全面提高高等职业教育教学质量的若干意见》的精神和要求，组织全省30余所高职高专院校共同编写了这套高等学校高职高专艺术设计类专业规划教材。参与教材编写的都是高职高专院校的一线骨干教师，他们教学经验丰富，应用能力突出，所编教材既符合教育部对于高职高专教育教材建设的基本要求，同时又考虑到我省高职高专教育的实际情况，既体现了艺术设计类专业应用型人才培养的特点，也明确了艺术设计类课程和教学内容体系改革的方向。相信教材的推出一定会受到高职高专院校师生们的广泛欢迎。

当然，教材建设不可能是一蹴而就的事情，就我省高职高专艺术设计类专业的教材建设来讲，这也仅仅是一个开始。随着全国高职高专教育的蓬勃发展，随着我省职业教育大省建设规划的稳步推进，我们的教材建设工作也必将与时俱进，不断完善。

期待着这套艺术设计类专业规划教材能够发挥其应有的作用，也期待着我们的高职高专教育能够早日迎来更加光辉灿烂的明天。

高等学校高职高专

艺术设计类专业规划教材编委会

# 目 录 CONTENTS

第一章　　插图的概念与演化 ⋯⋯⋯⋯⋯⋯1

第一节　插图的定义 ⋯⋯⋯⋯⋯⋯⋯1

第二节　插图的历史演变 ⋯⋯⋯⋯⋯⋯1

第三节　插图的作用与应用 ⋯⋯⋯⋯⋯6

第二章　　插图设计的方法 ⋯⋯⋯⋯⋯9

第三章　　插图设计的应用与创作 ⋯⋯⋯⋯⋯35

第一节　插图的创作过程 ⋯⋯⋯⋯⋯⋯35

第二节　插图设计的应用 ⋯⋯⋯⋯⋯⋯58

第四章　　作品赏析 ⋯⋯⋯⋯⋯⋯74

# 第一章　插图的概念与演化

- ■ 训练内容：了解插图的历史、作用和应用范围。
- ■ 训练目的：通过训练认知插图，了解不同时期的插图风格变化及代表作品和插
  图画家。
- ■ 训练要求：课后查阅资料并记录。

## 第一节　插图的定义

插图是一种视觉艺术形式，是为达到某种目的而进行的一种视觉化的造型表现，大多配合文字与图片来传达某种较直观的信息。早期的插图常常表现在书刊或某种文字样式之中，从外表上看它是附属于文字间的图画，而实际上是在协助文字进行传达。

《辞海》对"插图"的解释为："指插附于书刊中的图画。有的印在正文中间，有的用插页方式，对正文内容起补充说明或艺术欣赏作用。"这种解释主要是针对书籍插图作出的定义。

插图发展到今天，已成为一种信息传播的主要媒体。现代插图的含义已从过去狭义的概念变成广义的概念，包括摄影图片、绘画插图、图表，或者抽象的图形符号，均被称为插图。

## 第二节　插图的历史演变

提起插图，人们总是将它与书籍联系起来，这是非常自然的。我国最早的插图是以版画形式出现的。

目前，史料中记载我国最早的版画作品，有唐肃宗时刊行的《陀罗尼经咒图》；刊记确切年代的则有唐懿宗咸通九年（868年）镌刻的《金刚般若经》的扉页画（图1-1），这是一幅相当成熟的版画作品。

到了宋、金、元时期书籍插画有了长足的进步。插图的应用范围扩大了，不少文学作品、医药书、历史地理书、考古图录书等书籍中都大量附有精美的插图，并出现

图1-1 唐代《金刚般若波罗蜜经》扉页

图1-2 宋代《本草》插图

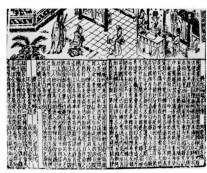

图1-3 元代《吕太后斩韩信图》

它是一部大型的中国古本"讲史"小说的祖本，全部为上图下文式，是中国最古老的历史小说连环画。

了彩色套印的插图。（图1-2、图1-3）

明清时期，可以说是古代插图大发展的时期，全国各地都有刻书行业。不同地区形成了不同的风格，出现了建安、金陵、武林、徽州、吴兴、苏州等门派。插图的形式大体有以下几种：卷首附图、文中插图、上图下文（或下图上文、文中嵌图）。（图1-4至图1-9）

另外，清末到民国初期的月份牌广告也是插图发展的一种形式，画面大多

图1-4 文中插图 选自陕西人民美术出版社《插图创意技巧》 任焕斌编著

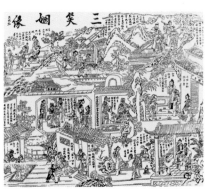

图1-7 《取成都》木刻 天津杨柳青

图1-8 《三笑姻缘》木刻 苏州桃花坞

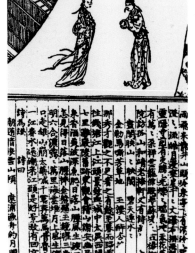

图1-5 上图下文 选自陕西人民美术出版社《插图创意技巧》 任焕斌编著

图1-6 下图上文 选自陕西人民美术出版社《插图创意技巧》 任焕斌编著

图1-9 《上海汽车电船》木刻 河北武强

图1-10 郑曼陀月份牌广告插图

图1-11 《刘海戏蟾》 山东潍县

图1-12 表现人物、植物、花体字母的书籍插图

以"洋装、美人"为内容，也有戏曲人物，采用彩色印刷，为求精致甜美，画面内印有商品、商号及全年的月份年历，有着浓重的商业气息，属商业插图。(图1-10)

我国古代插图的历史演变，可以把它看作是版画的发展史，同时也是民间年画发展史。这些年画也是木版画，只是逢年过节百姓常常张贴而取名年画而已。民间年画更早地独立成为一种商品，用途与书籍有所不同，实际上是商业插画的前身。(图1-11)

国外的插图历史与我国相似，最先也是运用于宗教读物之中。宗教团体把文字和书籍看得相当神圣，认为书籍是神的精神容器，因此不惜使用金银色。书中以花草、鸟兽、人物作装饰纹样的花体字母已具有插图的特征，配合精心手绘的插图，对装饰经书、解释经文、传播宗教起了较大作用。后来，插图亦被广泛运用于自然科学书籍、文法书籍和经典作家的文集等出版物中。(图1-12、图1-13)

19世纪90年代是广告招贴画

图1-13 国外经典文集插图 选自陕西人民美术出版社 《插图创意技巧》任焕斌编著

图1-14 诺尔曼·罗克威尔《四大自由》海报

这幅二战期间为美国政府创作的海报，完整而形象地道出富兰克林·罗斯福总统的心声。1957年，美国总商会给予作者"最伟大的美国人"的称号。

图1-15 毕加索的插图

毕加索早年曾为很多诗集创作过插图，这幅插图以简洁明快的动态、剪影式的轮廓、强烈的形式感表现出丰富的装饰性和趣味性。

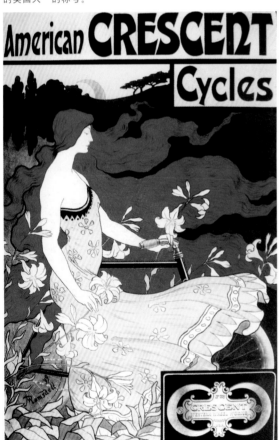

图1-16 美国 拉姆斯戴尔 自行车海报 1899年

这是属于早期的商业插图，时尚的女性形象，鲜艳的衣服和头发占据了大部分画面。这种以美女为主题的宣传画是那个年代海报使用的主要形式。

图1-17 戈因斯 《防治艾滋病》 1985年

作品风格具有一种明显的怀旧色彩，回归朴素的木刻形式。他采用《圣经》中的蛇引诱夏娃偷吃禁果的典故，含蓄而曲折地道出艾滋病的危险。

图1-18 以色列 Tomer Hanuka

图1-19 *Oh! My God* 李永铨

繁荣的顶峰，许多著名的画家如毕加索、劳特累克、马蒂斯等都参与过招贴画的创作，此时招贴画成为一种流行的艺术形式。(图1-14至图1-15)

　　进入20世纪以后，插图逐渐与整个商业美术融合，CI战略的兴起，使插图得到用武之地。于是，除了在传统载体中能够见到插图，它还被用于海报招贴、产品宣传、商业包装、报刊杂志等载体上。(图1-16、图1-17)

　　70年代，电视的普及使报刊杂志的发行和插图的发展受到一定影响。

　　90年代，国际网络蔓延，插图又出现了萎缩。

　　21世纪，杂志和书籍的发行量回升，插图也随之充满了生机。"读图时代"的到来，使插图更为广泛地应用于社会的各个领域。插图的技法和媒体越来越丰富，除了丰富版面、增强读者的阅读兴趣等表现功能外，它还扩展了我们的视觉领域，把肉眼的极限，即我们日常生活中看不到的世界展现出来，把现实中根本不存在的想象中的东西予以视觉表现，使抽象的思想、观念具象化。插图扩展了我们的视野，丰富了我们的头脑，开启了我们的心智。在商品经济时代，书籍作为插图主要的载体已经成为历史，更为丰富的载体随技术的发展和社会需要而不断涌现。(图1-18至图1-20)

图1-20 商业插图 选自西南师范大学出版社 《插图设计》张雪编著

图1-21　蒋晓晶　《栖》

图1-22　周英杰　《中国摄影艺术展》

# 第三节　插图的作用与应用

## 一、作用

插图的基本功能就是将信息以最简洁、明确清晰的形式传递给受众，引起他们的兴趣，努力使他们信服传递的内容，诱导他们采取最终的行为。

### 1."抢眼"

利用插图快速、长久地吸引受众注意力。当今市场竞争意识已渗透到插图创作中。求新好奇是人的本性，新是竞争的力量，插图的创新成为"抢眼"的必要武器。(图1-21)

### 2.传递信息

展示生动具体的产品和服务形象，直观地传递信息，正确引导受众。(图1-22)

### 3.装饰美化

插图中的形象、色彩、线条充满了活力，独特的创造、斑斓的色彩能够强化文字的感染力，冲击人的视觉神经，使其目光停留在插图上，从而提高宣传的被注意值。人们愉悦地观赏插画，便是经历了一次审美的享受。(图1-23)

## 二、应用

插图的三大作用推动了其应用范围的不断扩大，具体有以下几类。

图1-23　孙建宇　广告

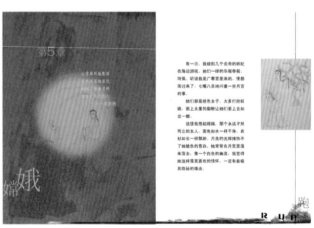

图1-24　陈海玲　《跑》书籍插图

图1-25　金晓星　《我爱我

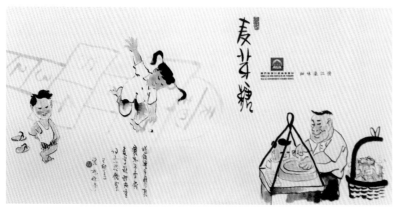

图1-26 洪骏业 澳门旅游广告

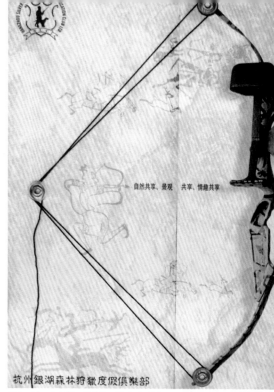

图1-27 余文荣 狩猎俱乐部招商样本

**1.各种出版物**

文学读物、科技读物、社会科学读物、儿童读物等。（图1-24）

**2.广告类**

公益广告、文化广告、旅游广告、商品广告等。（图1-25、图1-26）

**3.宣传品类**

产品说明书、年历、贺卡、样本、信封、宣传手册等。（图1-27）

**4.产品包装类**

食品包装、日用品包装、纺织类包装、五金类包装、药品包装等。（图1-28）

**5.电子产品类**

影视产品、网页设计、游戏产品等。（图1-29至图1-30）

插图对企业形象的塑造、产品品牌的推广起着不可估量的作用，越来越受到企业、商家的重视。随着时代的前进，经济的发展，科技的进步，新产品的层出不穷，还有人类的文化、审美水平的提高，插图需求量会越来越多，应用的范围会越来越广泛。（图1-31）

图1-28 德国 戴尔德·利 庆祝巴滋尔·德门都建立20周年手提袋

图1-29 Linda Bergkvist 动画插图

图1-30 Linda Bergkvist 动画插图

图1-31 古凡 "新天地"涂鸦展作品

作　　业：了解中外插图的发展与不同时期的风
　　　　　格变化。

作业要求：通过练习，加强学生对插图的认知，
　　　　　了解插图不同的风格形式，熟悉不同
　　　　　时代的著名插图画家的代表作。记录
　　　　　下你印象深刻的某一风格的插图或者
　　　　　某一位插图画家的作品。

作业提示：查看资料，并做记录，可用速写、文
　　　　　字、照相、复印等方法。

# 第二章　插图设计的方法

## 第一节　插图设计的技法

- ■ 训练内容：插图中常用的黑白手法、色彩手法以及用其他不同工具和材料表现
    的技法。
- ■ 训练目的：1.培养学生对插图创作工具、材料的全新认识。
            2.了解三类常用的插图创作中的技法处理，掌握用特殊的艺术语言
            去表现特殊的效果，丰富插图的表现形式。
- ■ 训练要求：选择不同工具材料手绘或电脑绘图。

### 一、黑白手法

插图中的黑白手法泛指用黑白的语言（无色彩内容）去组织画面。

常用的有以下几种。

1.点绘法

即用点的大小、形状和疏密变化来表现对象的方法。通过选择不同的大小、形状、色彩、肌理等造型元素表现出物体的黑白灰影调及质感。点绘是逐渐表现出图像的，控制性很强，一般由深到浅，从暗部往亮部画，一层一层地深入，点位错落有致，不可一下涂死。亮部的点稀疏，过渡要柔和。选择的工具包括针管笔、钢笔、铅笔、毛笔等。（图2-1至图2-2)

图2-1　点绘　选自辽宁美术出版社《现代设计表现技法》　岳昕　王亚非等编著

点绘不是局限于单纯的点，而是讲究点的造型，比如短短的线、小小的半圆弧、三角形、各种小图形等。这幅插图亮部使用不规则的短线造型，使画面更生动。

图2-2　学生作品　《孤独》（点绘）

图2-3 学生作品 路瑶 《庭院》（刮绘）

　　此幅画画面用不同的刮法表现了远近的空间关系。近景刮绘细致入微，线条清晰，刀痕明确。远景柔和概括，刀痕模糊。

图2-4 学生作品 邓磊 《爱》（刮绘）

　　采用细针和刀刮绘，眼部精细入微，衣物的刀法粗犷有力。将纸卡表面刮起一层，露出纸色，制造出衣物凹凸不平的质感。

### 2.刮绘法

　　刮绘的表现形式与绘画正好相反，绘画是往画面上"加"，而刮绘则是从画面往下"减"，是使用比较尖锐的工具（如刀、针等）在纸上刮刻插图中所要表现的形象。

　　绘制时，首先把重颜色——最好是黑色——涂在光滑的玻璃卡纸上，再将所要表现的形象拷贝到纸面上，干后用刀或针在涂料上按形体结构逐渐刮出形象，最亮处可刮到纸底露白，还可做出某种肌理效果。刮力要适度，注意使用工具及纸质的不同。白色玻璃卡纸可以刮出细腻精致的形象，而一般卡纸可以制造出粗犷有力、凸凹不平的肌理效果。（图2-3至图2-6）

图2-5 学生作品 王丽 《孤独》（刮绘）

　　用规则的线条表现画面，使画面更显安静、细腻。

图2-6 学生作品 　《老房子》（刮绘）

3.线描法

线描即以线造型。线描法就是利用线的形态（粗细、长短、曲直、虚实、刚柔、缓急）变化来表现插图中的形象。

（1）钢笔画：钢笔画黑白分明，对比强烈，线条清晰、流畅，笔触简洁、生动，富有节奏和韵律感，钢笔画明暗色调的变化是通过线条排列的疏密来表现的，可以选择不受任何规则所限的自由式排线，也可以选择整齐而有秩序的规律性排线。工具包括普通钢笔、美工笔、针管笔、签字笔等。(图2-7至图2-8)

（2）白描：指中国传统画用线造型的一种形式，白描具有高雅素净的特点，讲究用笔及线的组织。一般描绘这类画面都是通过线的疏密及线的粗细语言来表达对物象的感受。白描的构成工具有各种描笔，常用衣纹笔、叶筋笔、鼠尾笔、小兰竹笔

图2-7 比亚莱兹 *Le Morte d´Arther*

以亚瑟王传说为题的插图，画面混合了伦敦画派、日本浮世绘、古希腊和18世纪法国艺术的元素。

图2-8 俄罗斯 奥列格·雅赫宁 《契诃夫小说》(钢笔画)

图2-9 《马郎妇观音》 本图源于明代甘露寺石刻（白描）

图2-10 藤原薫 少女漫画插图（钢笔淡彩）

图2-11 Ted Burn 插图设计（毛笔淡彩）

等，粗细可随意变化，纸张要选择较软的，如铅画纸、宣纸、毛边纸等。(图2-9)

作　　业：黑白手法的运用。

作业要求：1.主题任选，要表现一定的内容或情绪。

　　　　　2.要求呈现出点、线、面的形式美感。

　　　　　3.选择无彩色表现，工具不限。突出不同工具特殊的效果。

　　　　　4.尺寸：25cm×30cm。

作业提示：利用黑白的语言去组织画面，构成具有明度对比的画面。尝试使用点绘法、刮绘法、线描法等表现技法。

## 二、色彩手法

插图中的色彩手法泛指用色彩语言去组织的画面。常用的有以下几种：

### 1.钢笔淡彩

其制作主要由钢笔画造型，色彩营造气氛。色彩仅用水彩颜色薄薄上一层，产生清新淡雅的效果。钢笔淡彩制作方便快捷又韵味十足，一般用钢笔勾出轮廓，对主要细节精心塑造，但不能过多地进行明暗处理。涂色时要薄而透明，不要遮盖钢笔线条。(图2-10、图2-11)

2. 水彩画

其用水调色，色彩鲜艳透明，水彩画由水分的多少分为"干、湿"两种画法。湿画法是指在颜色未干前再加入另一种颜色，让笔触渗化交融，形成边缘柔而虚的笔触，水分多还会产生随机的效果。干画法是指色彩叠加时，要等先涂的颜料干了之后再继续涂，笔触明确，强烈，与湿画法形成对比。（水粉色有较强的遮盖性，也可选择水粉颜料制造干画法。）

水彩一般在色彩纸上作画，大多选用中号及小号的水粉笔或羊毫及狼毫毛笔。

作画时根据物象的结构、立体关系，由明到暗，由浅入深，一层层深入，逐步表现出物体的立体感、质感，在画面调子没有脏的情况下可无限深入，直至理想。亮部多用透明色，暗部可与水粉色结合用多次晕染法，层层深入，达到沉着、含蓄、微妙，能够表现各种物品的质感。（图2-12至图2-15）

3. 彩色铅笔表现法

彩色铅表现法基本和普通铅笔的画法相同，需要在观察整体色调的同时，逐次地反复涂画，注意用笔的技巧和线条排列的变化形成的独特美感。作画时，应充分利用笔触粗细，规则及不规则地自由表现和彩铅的混色效果，使画面更加丰富。彩

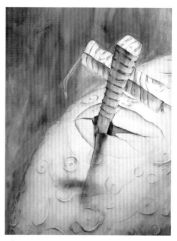

图2-13 学生作品 张勇 《关于"十"字的联想》（水彩）

图2-14 阮筠庭（水彩）

典型的湿画法的表现技法。先将纸面用清水打湿，未干时上色，利用水色的自然融汇，制造湿润迷离的效果。

图2-15 日本 藤原薰 少女漫画插图（透明水色）

藤原薰的作品通常采用透明水色表现少女的清新淡雅，妆容简单，眼神清澈，略施淡彩，便将人物刻画得格外生动。画面无论是背景还是主体形象，都描绘得十分简省，干净是她作品的一大特色。

图2-12 Laszlo Kubinyi 插图设计（水彩）

图2-16 学生作品 郭丽《战争》(彩铅、水彩)

作品采用有色卡纸作画，使画面统一在黄色的基调中。背景先大面积使用水彩渲染，再用彩铅刻画细节，便于画面深入。

铅易于接受和掌握，笔触自然，色调柔和，给人以高雅清新、如梦如幻的感觉。

由于彩铅颜色画不深，可以与水彩或水粉相结合。一般先涂水彩或水粉，再加上彩铅，这样才能画出深色的效果。彩铅适合在素描纸上作画，也可以选择在有色卡纸上作画，形成不同的色调（图2-16）。其他色彩画法有很多，如水粉、油画、丙烯画、工笔画、彩墨画、蜡笔、油画棒、彩色麦克笔等等，因为工具材料的不同特点和性能而创造了不同风格和魅力的独特画面。（图2-17）

作　　业：色彩手法的运用。

作业要求：1.主题任选，要表现一定的内容或情绪。

2.工具不限，画面中要呈现出丰富的色彩变化。

3.尺寸：25cm×30cm。

作业提示：利用色彩的语言去组织画面，充分发挥不同工具和颜料的性能，制造出画面特殊的色彩效果。

## 三、其他手法

其他手法泛指各种难以归类的，非借用笔墨颜料表现，而是用其他工具材料制作的手法。

1.剪贴

是指采集现有的各种材料（图片、布、植

图2-17 特蕾斯·尼尔斯 *tinkerbell*（丙烯）

图2-18 Jason Mecier 拼贴插图

新近波普画家 Jason Mecier 非常环保，利用报纸、种子、扣子、石子、五金杂件、零食、化妆品等各种废弃垃圾拼贴构成很多明星肖像，使作品呈现出丰富多变的质感和趣味性。

图2-19 学生作品 《脸》

诸多不规则的彩色碎纸片随意拼贴构成人物的半个脸部，加之简洁的几根墨线的运用，画面显得单纯而又丰富。

物等），按照插图内容选择所需形象（完整的、局部的、彩色的、黑白的），裁剪下来再进行组装造型，这样贴在画面上（可裱在KT板或木板上）。这种手法组织的形象有些生硬（连接处），但有机的组合能凸显机智和幽默。剪贴所用的工具包括剪刀、刻刀、美工刀、手术刀、固体胶等，另外，所用材料的边缘可以通过剪、撕、折叠的手法造成纸的光滑、毛糙、虚实的区别，由此产生不同的画面效果。（图2-18 至图2-20）

2.剪纸（刻纸）

是我们都比较熟悉的一种表现方法，几乎人人都会。传统的剪纸材料常用红色纸，形象喜庆，有很强的装饰性。主要工具为剪刀、刻刀等。有些传统刻纸是在宣纸上刻，然后在纸上染色，画面效果特别丰富。还有些手法是剪与贴相结合，就是把剪好的纸样贴在与其配合的纸上，或贴在另一张刻好的纸上，不同层纸的颜色不一样，画面"层次"感也不一样。除了传统技法以外，还可以将刻、剪、画合为一体，营造出更为丰富多样的画面。

剪纸的技法通常被用于民间文学、儿童文学、民俗风情插图和商业插图设计

图2-20 学生作品 陆容 《流行元素》

作品采用手绘加报纸剪贴的方法创作，背景报纸的使用和人物形象非常吻合，文字、喷绘、平涂诸多元素的整合使整幅画充满了现代时尚感。

图2-21　学生作品　朱静静　鞋广告（刻纸）

图2-22　柴京津　柴京海　《亲人》

中。（图2-21、图2-22）

3. 版画

版画是在各种各样的材料上，制作出可以涂抹颜料或油墨的版面，然后通过纸来转印的一种表现形式。版画的种类很多，常见的包括木版、纸版、铜版等，每种工艺都有自己独特的魅力。

木版画最为古老，也叫木刻。传统民间年画通常都是木刻转印而成。一般是将木板表面打磨光滑，先在表面涂层颜色，以便在刻制过程中区别形态结构与空白之间的关系，然后使用专用的刻刀进行刻绘。

纸版画是用硬纸刻出不同内容的形状再到纸上去组织画面，然后粘贴起来，最后转印到其他纸上。

除了传统的版画形式，还有几种简单快捷的方式可以使用。

植物肌理拓印：各种植物花朵、叶片、羽毛、木纹等，可以拓印出做设计用的底纹。

织物纹理拓印：把各种纹理印在纸上做底纹使用。

石膏版画：先将石膏面打磨光滑并刷上胶水以防吸色，然后用广告色涂底，底色干后将画稿拷贝上去并用刻刀刻绘，最后用颜料拓印在纸上。也可以在复印机上

图2-23 Fiona King 植物插图（版画）

图2-24 俄罗斯 瓦列里·米申 《农夫和鱼》（石版画）

复印。

　　玻璃版画：选一块合适的玻璃，将一面刷上广告色，然后用硬物进行刮绘。刮绘时玻璃下一定要垫一张白纸，这样可以观察到整个刮绘过程，对不满意的地方可以重涂上再刮。这是其他手法达不到的。完工后可放复印机上正反两面复印，也可以在玻璃面上涂上饱和湿润的色彩，直接拓印在纸上，形成生动自然的图形，再加以手工描绘，画面效果极其丰富。（图2-23至图2-26）

2-26 学生作品 《风景》 玻璃拓印

　　先按构思在光滑的玻璃上铺上饱和的颜色，将干未干时用一张白色卡纸铺在上面，用力压拓（注意用力均衡），然后将画纸移开，一幅色彩斑斓的画面就出现了，纹理细致，变化微妙。根据需要再用画笔稍作细节加工，便完成了效果生动的风景画，制作便捷。

图2-25 《十日谈》插图

　　用略显夸张的版画手法表达主题。

图 2-27 Raul Colon 插图设计

　　背景使用颗粒大小不一的喷绘营造出粗砂纸般的效果，结合短线造型，使画面产生微妙的变化。

图 2-28 刘桂洪 《练习之乐器》

　　4. 喷绘

　　是用纸板或胶片剪成正负模板，然后用喷笔制作，通常使用空气压缩机所产生的高压气流导入喷笔，将喷笔中的颜色雾化后喷制画面，它是一种兼喷带绘的表现手段，其效果细腻，没有笔触，色彩过渡柔和，并可多次覆盖。传统的喷绘手法使用不便而复杂，现在喷绘的效果可用电脑制作，但与手动喷绘的效果有区别，尤其是自制的喷绘工具及较特殊的覆盖物会产生特别的意味和效果。如用喷壶、牙刷喷绘，用毛笔、植物纤维等阻隔，喷出的边缘轮廓就会形成不同的〝毛边〞的效果。用牙刷〝喷〞出的颜色颗粒大，有一种铁砂纸般的肌理效果。(图 2-27、图 2-28)

　　5. 计算机处理手法

　　计算机处理手法泛指插图作品在创作过程中直接或间接利用计算机载体来对插图作品进行全程创作或辅助性加工的处理手法。

　　(1) 数字绘画：是指在创作过程中完全利用电脑软件来进行图形绘制的形式。现在的绘图软件功能十分强大，除了可以制作出变化丰富的位图、3D 程序性图形、矢量图、像素图等图像文件，还可以配合绘图板以及感压笔来模拟各种传统的绘画表现方式，包括素描、水粉画、水彩画、油画、国画、版画、色粉画、广告画等。绘图软件具备较强的存储和修改功能，可以对满意的步骤加以保存，也可以对失败的步骤进行反复修改。其便捷的操纵性极大地激发了艺术家的创作热情，并且提高了创作效率，节约了创作成本，得到了当代青年艺术家的喜爱和热捧。（图2—29）

图2—29 周崛 电脑插图

计算机软件处理的背景可以模拟真实场景，是手绘难以达到的效果。

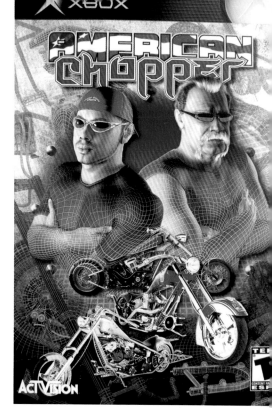

图2—30 Acme Pixel *American Chopper*

作品使用3D建模和2D画图软件制作而成，画面具有异常逼真的效果。

（2）计算机拼贴处理：指通过计算机软件，将收集好的图像文件进行分割重组，在调整各图像区域性色彩信息后最终获得整体图像效果的制作方式。

这一手段已经发展为当代插图的一种艺术风格门类，而图像文件从真实的摄影到抽象的绘画作品，甚至将某一物体细节放大后的肌理效果图像都是这一手段的常用元素。通过这些图像文件的解构重组可以形成一种超越现实的视觉效果，让人在逼真的图像面前产生是与非的矛盾，造成强烈的视觉印象。（图2—30、图2—31）

通常计算机处理手段的载体有计算机、绘图板、感压笔以及相关的绘图软件，比如Illustrator 、CoreDRAW 、Painter和Photoshop等。

其中Illustrator 、CoreDRAW适合矢量图的绘制；Painter的优势在于能够将传统的绘画方式和电脑设计完整地结合在一起，模拟其独特的自然绘画效果。而Photoshop的强势在于能够方便快捷地进行图形图像编辑处理。

图2—31 土耳其 斯迪克·卡拉穆斯塔法 《Miles Davis音乐会》海报

通过电脑处理将摄影头像、字体、图案等元素拼贴在一起，使画面效果丰富多彩。

作　　业：选择特殊手法进行设计。

作业要求：1.主题任选，要表现一定的内容或情绪。

　　　　　　2.画面要呈现出由于工具和材料的不同而营造的艺术特色。

　　　　　　3.尺寸：25cm×30cm。电脑出图：A4。

作业提示：使用特殊的手段处理画面，可以结合多种工具和材料进行综合练习，寻求更多的表现技法。

## 第二节　插图的创意表现形式

- ■ 训练内容：多种插图创意表现形式的练习。
- ■ 训练目的：1.了解插图的多种创意表现形式，激发学生在创作时寻求更多的插图样式。

　　　　　　2.开拓学生创作思路，帮助他们解读画面形式语言，能够在创作中加以应用。

- ■ 训练要求：手绘。

艺术表现，是艺术形式的问题，能把内容与形式上的矛盾处理好，一切问题都迎刃而解。就插图来讲，大多数内容是预先给定的，关键在于采取何种形式表现。插图的思想、目的最终要通过色彩、构图、造型等视觉形式表达出来。赋予创造性的创意以相应的形式表现须要反复推敲，同一题材或许有很多种表现形式，但往往只有某一特定的艺术形式才能得到最佳表现。常用的表现手法有以下几种。

### 一、直接展示

直接展示是将内容不加掩饰地直接展示出来，具有真实、直观、可信的特点。常用于商品宣传中，使商品的真实性达到确实可信的效果。通常运用绘画、摄影等写实手法，细致刻画和着力渲染主体的形态、色彩、质地，将主体的外貌尽可能逼真、完美地呈现出来。(图2-32、图2-33)

图 2-32 Robert Hynes 风景插图

作品真实再现了水面和水底两个世界的场景，精细入微的描绘让人叹为观止，大自然的神奇美丽令人沉醉不已。

图 2-33 Donato Giancola *Faramir at Osgiliath*（局部）

生动的神态，真实的肌肤，复杂的战争场景，搏斗的肢体……让人如同身临其境。很难相信这是手绘的插图，但这的确来自于 Donato Giancola，这个让人惊叹的，被业内认为对于人类肌肤、神情、肢体塑造最完美的插图艺术家。他的画面中的主角都是人类，他们拥有各种姿态，处在不同时代，空间与题材迥异，但都拥有逼真的神情、逼真的肌肤质感。

图2-34 《狂风的表现》 选自上海人民美术出版社《插图设计》 唐鼎华编著

图2-35 《微风的表现》 选自上海人民美术出版社《插图设计》 唐鼎华编著

生活中有许多内容是没有形象的，造型艺术只能借助其他形象来间接地传达。这三幅作品通过被风吹起的帽子、纱帘、雪橇等形象，让人联想到不同强度的风。

## 二、引发联想

联想是思维的翅膀，事物之间联想的桥梁，艺术有自己的特殊性与局限性。对造型艺术来说，大多是静态艺术，是无声的表现形态的艺术，它无法真正意义上模仿生活，无法直接表现出抽象的声音，各种感觉、情绪等，但造型艺术能制造出各种感觉、声音等。它通过组织形象语言来激发人们潜在的生活经验，并产生感觉与联想。例如，生活中的风没有形象，是借助被风吹动的物象来间接表现的，如用飘动的柳条表现春风，用飞舞的雪花来传送寒风，用倾倒的大片房屋来表现台风（图2-34、图2-35）。设计师用联想创造了形象，变抽象为具象，化腐朽为神奇，生动地传达了信息，观众用联想理解了形象，接受了信息。（图2-36至图2-41）

图2-36 Arthur E.Giron 插图设计

坐在一个透明瓶子中的人使人联想到现代社会人与人之间相互观望却又相互隔离的状态。

图 2—37 插图设计 选自 Scott&Daughter 出版公司《工作手册 27 "设计与插图"》

图 2—38 插图设计 选自 Scott & Daughter 出版公司《工作手册 27 "设计与插图"》

作品通过五彩斑斓的蝴蝶构成的形状使人联想到风景宜人的五大洲景观。

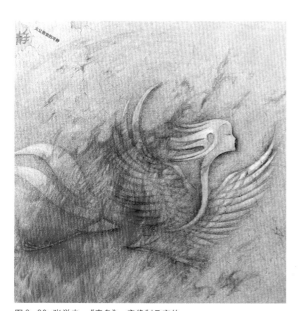

图 2—39 张学忠 《青鸟》 音像制品宣传

用抽象的手法表现浴火的鸟，引发出青鸟的理念："火让我变得冷静。"

图 2—40 Robert Neubecker 商业插图

连自由女神都一身戎装，让人联想到了战争与和平这个人类的永恒问题。

图 2—41 商业插图 选自合肥工业大学出版社 《插图艺术》盛容等著

作品利用中国古代武将的形象，其面戴口罩，手中拿着代替武器的体温计，令人联想到抗击非典的斗志。

图 2-42 插图设计 选自西南师范大学出版社
《插图设计》 张雪编著

　　画面中的人物被多块大石头压在一堆文件下，让人替他无比担心。这种恐怖的夸张手法使作品的所要传达的理念立刻表达出来。

图 2-43 商业广告 学生作品 王其军

　　怪兽嘴中锋利的牙齿被耐克鞋带绑住了。是谁有这般的力量和勇气可以制服怪兽？想必穿上耐克鞋的人才可做到吧。

图 2-44 插图设计 选自西南师范大学出版社 《插图设计》 张雪编著

　　小小风扇却风力十足，壮汉被吹上墙壁，将墙壁也砸凹了进去，极度夸张的手法不合理却合情，让人会心一笑。

## 三、夸张处理

　　从造型语言的角度来讲，所谓夸张就是强调突出对象的某种特质，加深扩大这些特质的手法。夸张是把平淡无奇的事物做艺术化的处理，化平淡为神奇。夸张要注意适当的尺度，要做到既神奇特异又不脱离现实生活，既出乎意料，又在情理之中，才能获取人们的惊叹和认同。（图 2-42 至图 2-47）

## 四、诙谐幽默

　　诙谐幽默的表现手法往往运用趣味生动的情节，滑稽、可爱的形象，把某种事物的矛盾冲突喜剧化，造成一种充满情趣，引人发笑而又耐人寻味的幽默意境。幽默引发的是一种友好、安全、平和、轻松的心态，而不是强迫灌输。经常采用卡通与漫画的形式使插图的形象更加生动、有趣，富有亲和力和戏剧性，通过刻画人物的神情和行动中某些可笑的特征，给人们以幽默诙谐的审美感受。（图 2-48 至图 2-50）

图 2—45　周崛　《不能承受之重》

图 2—46　商业广告　选自西南师范大学出版社　《商业插图》张雪编著

　　生活中是看不到这种情景的，画面通过夸张的表情和贪婪的狂饮，突出表现可乐的诱惑。

图 2—47 Coulas Lourdes 《过山车》

图 2—48 Nancy Harrison 插图设计

　　用漫画的形式设计了一幅生活中的情景画面，一对邻居因小事而争吵不已，而他们的一双小儿女却不顾大人间的恩怨，正越过栅栏眉目传情，幽默地表达了孩子间单纯的感情。

图 2—49 Mark Ulriksen 《纽约人》

图 2—50　插图设计　选自西南师范大学出版社　《插图设计》　张雪编著

　　一盒鱼罐头，打开后却出人意料地出现四个裸体的男人，让人啼笑皆非。

图2-51 蒋健玮 《花音》　　　　　　　　　　　图2-52 蒋健玮 《花音》

这两幅是加上背景前后的对比，没有背景烘托的人物显得单调平凡，加上背景后立即生动、鲜活起来。

## 五、场景渲染

场景渲染主要通过对环境或景物的描绘来烘托形象，加强主体的艺术效果，增强插图的形象性和感染力。（图2-51、图2-52）

生活中场景千变万化，给场景艺术处理带来无限的启示，可以从以下几个方面营造不同的场景氛围。

内容：不同场景有各自范围内的各种内容的组合，有室内室外，也有场景面积大内容相对单一冷清的，如草原、麦田。内容多显得复杂热闹的，如街市、菜场。（图2-53、图2-54）

材料：材料可以通过不同的肌理造成富丽堂皇的感觉，如豪华的宫殿；也可以造成破旧不堪的感觉，如废墟。

图2-53 Robin Moline 风景插图

图 2-54 黄嘉伟 《冷冻街》插图

内容多而复杂的街景。

图 2-55 Kinuko Y.Craft 《灰姑娘》插图

午夜 12 点后，灰姑娘逃出宫殿的情景，与喧哗的室内相比，夜色下一切被笼罩在月光中，显得冷清朦胧，营造出一种迷幻的优美意境。

（图 2-55、图 2-56）

色彩：色彩的冷暖、鲜灰，由不同的比例会产生不同的色调，又会形成不同的对比，还会由色彩引起各种心理反应。客观事物的形象与色调，有着强烈的感情色彩。（图 2-57 至图 2-59）

笔触：画面中形象都是用笔触表现出来的，笔触的轻重、急缓、大小、形状不仅可以把形体、质感表现出来，同时烘托出了情绪、气氛。笔触的表现也受技术及工具、材料的影响，会有不同笔触的变化，如干笔触、湿笔触、笔触的强烈与朦胧等。（图 2-60）

图 2-56 Jacek Yerka 《倾诉者》

黄昏，一群来历不明的人来到这个偏僻的教堂祈祷，云层、砖墙、树木、落了满地的黄叶，构成了幽静神秘的空间。

图2-57 几米 《月亮不见了》插图

公园里的大树无无来由地突然枯萎，叶子在瞬间落尽，
黯淡无光的月亮垂挂在枯枝上，萧瑟地迎风摇曳。

图2-58 几米 《月亮不见了》插图

　　这两幅画通过不同的色彩表现了春秋两个不同的季节，描绘干净细腻，充满了几米式的敏感浪漫。

图2-59 Asaf Hanuka 插图设计

　　天空红色的使用和灰色的主体形成鲜明对比，营造了恐怖气氛。

图2-60 加拿大 Jonathon Earl Bowser Tides

　　田园牧歌式的意境，将人物与自然融为一体，干笔触的使用使画面显得厚重而有层次感。

## 六、魔幻荒诞

魔幻是人的思维在"潜"意识中的一种流动，是飘零的碎片，是记忆河流中跳动的印象，是破灭过又重被唤起的梦想。有时它超越时空、肆意而行，有时它荒诞不经、信马由缰，有时它美轮美奂、如梦似幻，有时它不可理喻、黑暗恐怖……在这种魔幻般不真实的境界里，一切变得不可思议。

魔幻荒诞是一种充满神奇想象力的表现手法，经常被用于后现代的插图设计，尤其在表现幻想题材的漫画作品中极具感染力。人们在这种神奇玄秘中体会到不安与亢奋的情绪，以一种全新的眼光探寻插图所表达的深刻理念。

在这种表现形式中，艺术想象要大胆而有意蕴，在表现上要介于亦真亦假的融合，才能创造出崭新诡异的意象，最终构成具有独特魅力的艺术形象。（图2-61至图2-65）

## 七、唯美装饰

插图除了要把内容表述清楚外，还要运用各种手段使其具有美感，唯美装饰的手法就是强调唯美的、似图案一般的，或者采用装饰性手法处理的画面。画面除了传达内容外，更强调的是装饰、美化作用，具有较强的审美性。近年来在漫画和杂志插画中广泛运用此种形式，如在日本美少

图2-61 埃舍尔 《观景楼》1958 年

这是埃舍尔"不可能结构"的又一幅名作。放在楼里的梯子居然可以搭到楼的外面，画面的背景是南意大利优美的景色，画面下部正在走上台阶的长裙曳地的女人，是他从前辈画家西罗尼姆斯·博施的名作《地狱》中撷取的一个形象。画面充满了神奇荒诞的魔幻色彩。

图2-62 David Michael Bowers

　　破碎的石膏像里露出真实的脸，在这样极其优美的风景里出现这种现象本身就是不可思议的。作品渗透出神秘荒诞的气息，幻想的味道极浓。

图2-63 沃蒂克·修德马克 《清晨的诗歌》

　　充满诗意的画面，在道路的尽头，树木的枝叶组成了一张女人的面庞，而阴暗的树木深处的枝丫竟是一双双手臂交错盘桓。不可思议的想象，神秘莫测的场景。

图2-64 陈海玲 《低音》

图2-65 Rene Milot 插图设计

　　作品通过色彩和造型营造出梦幻神秘的氛围。

图 2-66 Josephine 《迷幻笛音》

　　田园牧歌式的画面，色彩缤纷的奇幻景象，彩蝶伴随笛音翩翩起舞，花香中弥漫着海市蜃楼。这只有在梦境中才能出现的画面让人如痴如醉。

女漫画中，不论是主体人物还是背景都被描绘得极致完美，传递一种如歌如泣的情怀，让人沉浸在一种浪漫主义的审美意境中。（图2-66至图2-72）

图 2-69 Kinuko Y.Craft 《睡美人》插图

　　古典主义油画的细腻唯美，图案画般的精致装饰，使这幅作品有种浓浓的古典情结。

图 2-67 Michael Kupperman 插图设计

图 2-68 Jo Tronc 插图设计

　　对称的构图，平面化的造型，细节处多采用各种纹样进行添加，使整个画面充满了浓浓的装饰味。

图 2-70 马格里特 《内心视线》

　　作品表现的是奇异的空间里物体被放大的特写，超写实的描绘使画面充满了奇特的美感，也使观者产生无穷的想象。

图2-71　陈海玲　《堕落天使》

作　　　业：选择同一命题用两种不同的表现形式进行插图设计。

恐怖的感觉

孤独的感觉

有风的空间

关于"十"字的联想

关于对某幅名画的改造

关于某首歌曲

作业要求：1.注意画面中主题的表现。

2.色彩不限，尺寸：25cm×30cm。

作业提示：命题都是抽象的，选择的范围可以很宽泛，可以考虑从营造画面的
情绪着手，通过联想、场景渲染等手法将主题表现出来，也可结合
多种手法综合使用。选择两种创意表现形式进行同一主题的创作，
利用不同的构图或色调来创作。

图2-72　日本　粥川由美子

　　画面的人物造型极具现代感，是对
当下年轻一代的写照，背景花朵的添加
增加了画面的美感。

示范图例（图2-73至图2-79）

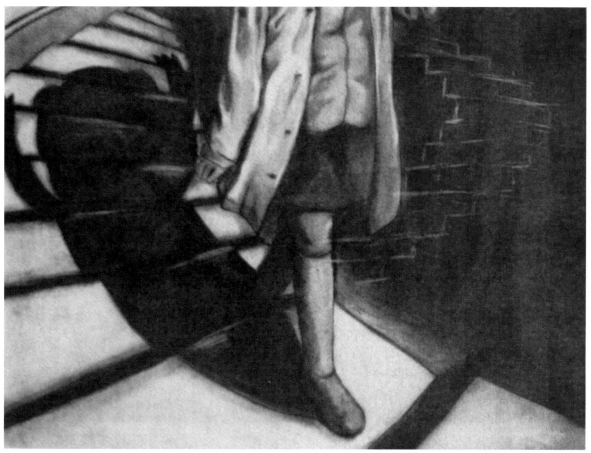

图2-73 李小兰 《恐怖的感觉》

　　画面宛如影片中的心理恐怖片，构图有种未知的恐怖感，身后的投影变成一个神秘的物体，正向人物迫近，令人毛骨悚然。

图2-74 学生作品 白如意 《恐怖的感觉》

　　此图中恐怖是由鬼魅的东西造成的，且使用的是斜构图，通过联想使人心理上产生不安。

图2-75 学生作品 高蔓 《孤独的感觉》

　　一个人的孤独，孤单的人总是觉得周围的一切都很大，甚至连小小的鸽子也很大，自己却很小很小。人物的服装使用红色造成对比，让人觉得心有戚戚。

图2—76 Elizabeth Miller 《关于"十"字的联想》

图2—77 Sandro Rodorigo 《关于"十"字的联想》

图2—78 Phillips Singer 《关于"十"字的联想》

图2—79 Sean Dalton 《关于"十"字的联想》

　　把数字"十"转变成视觉形象，可以使用你认为合适的数字、字母及象征符号。无论用何种形式都要表现出"十"的可辨认性。这几幅画通过投影、形状、数字表达了"十"的含义。

# 第三章 插图设计的应用与创作

## 第一节 插图的创作过程

■ 训练内容：插图的定位、构思、收集素材、完成稿，这一插图创作的流程也是
将理论付诸实践的检验过程。

■ 训练目的：1.帮助学生掌握创作过程中的每个环节，将理论知识融入到具体的
创作中，训练基本的技法。

2.使学生能独立思考问题，培养画面造型语言的组织能力，提高插
图设计的综合素质。

■ 训练要求：手绘或电脑绘图。

### 一、插图创作的开始

从插图创作的整个过程来看，插图是由接受插图任务开始的。由此区别于绘画
创作是由生活的感悟所激发为起点的。插图的任务是来源于出版社、企业、商家等。

插图不是完全独立的，它是书籍总体设计、商品宣传总体设计的一部分。插图
创作是依据书籍总体设计、商品宣传总体设计的要求实施的创作，所以插图创作的
初期大致包括以下几个方面：

1.与出版商、企业家进行沟通，对插图任务的具体内容进行了解，发表各自意
见从而达成共识。

2.仔细阅读文本或宣传资料，了解不同书籍、商品的各种情况，确定创作的方
向，要做到明确为谁服务，达到何种目标。

3.选择和被选择的机制。首先，每个设计都有个人擅长创作的技法和喜欢表现
的题材，所以尽量选择适合自己的任务，才能更好地发挥自己的水平；其次，书
商、企业家也会依据总体设计的要求来挑选相应的作者，保证高质量地完成任务。

### 二、插图的设计定位

插图的设计定位是插图创作开始阶段最为重要的环节。设计定位就是找准不同
的插图对象，确定创作的方法以及具体的制作手段，目的是确保与总体设计的一致

图 3-1 Mark Fredrickson 《哈利·波特》插图

图 3-2 蒋健玮 《Calla》

画面使用的色彩非常柔美，肌肤雪白粉嫩的质感使少女娇羞妩媚的情怀充分体现出来。

性。一般来说从以下几方面进行定位。

1.受众

生活阅历、知识修养不同，不同的受众就有不同的理解能力和不同的喜好倾向，要针对他们的心理特征确定造型的内容、形式和艺术处理手段，从而创作出他们乐于接受的插图作品。所以，在创作之前要调查读者的年龄段、文化层次、文化背景等。

如：针对儿童所读的插图就应依据他们的好动、好问，视觉上喜欢简明直观及拟人化的形象，喜欢鲜艳的色彩的特点来进行设计（图3-1）。而对那些面对少女的书籍、期刊、商品的插图，就应甜美、雅致、粉嫩一些，以此迎合她们的口味。（图3-2）

2.媒体

针对不同的媒体应有不同的定位。因为展示插图的媒体不同，会影响插图的效果，也就是要考虑到媒介的局限性。尺寸的大小制约容量、复杂的程序和观看的清晰度。黑白印刷不适合铅笔作插图，印刷效果偏灰。包装的立体性会影响到每个角度的不同效果。材质、档次决定了印刷质量的精致、成本等。（图3-3）

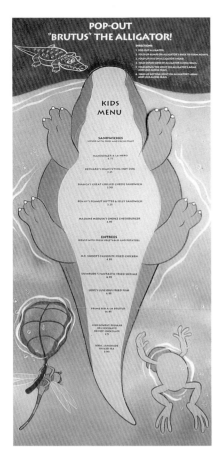

图3-3 Mimi Palladino 餐厅菜单

　　为了使菜单成为纪念品，设计者用一只立体的鳄鱼玩具达到了目的，玩具图案被印制在四种不同颜色的特殊纸上，便于折叠和印刷。

图3-4 华三川 《夜袭东门岛》插图（1955年）

　　素描表现的画面一般用于纪实或传记类的题材，能够真实再现生活场景和人物动态。

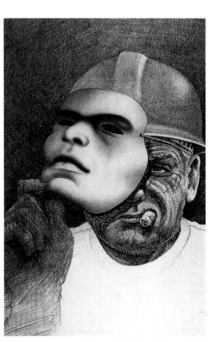

图3-5 黄汝修 社论《美国制造业的质量》插图

　　采用素描的手法使设计主题显得真实、沉重。

图3-6 日本 福田隆义

图3-7 熊军 《孤独》

图3-8 Narda Lebo 插图设计

用速写的形式表现人物的动态变化过程，画面自然流畅且有动感。

图3-9 海报 选自合肥工业大学出版社 《插图艺术》盛容等著

这则广告传达的民风、民情信息都是采用民间纹样表现的，呈现喜庆、传统的气息。

### 3.题材和情节内容

不同的题材、内容，有着不同的价值取向和精神面貌，须要寻求与其一致的造型风格和制作手段来匹配才能相得益彰。

例如：写实素描朴素、沉重（图3-4至图3-6），速写轻松、柔情、随意（图3-7、图3-8），传统工笔典雅而有诗意，民间年画喜庆热闹有乡土气息（图3-9）。各种形式的插图自身的特点与相应的插图内容相融合，才会提升插图的价值。

作　　业：了解插图的定位。

作业要求：根据调查，写一份调研报告，并在A4纸上打印出来。

作业提示：去书店进行调研，了解某本书插画设计定位情况。插图不同于绘画，由于它受不同的服务对象制约，所以在创作前要有明确的设计定位。

图 3-10 Darrellk Sweet《魔法隐士》草图、正稿

## 三、插图的构思

### 1.构思

任何创作下笔之前确定作品的立意和构思是必不可少的过程，构思即艺术家在孕育作品的过程中所进行的思维活动。

插图的思维活动属于形象思维。开始阶段把各种构思随手记下来，创造一个可以比较、可以反复推敲的原始造型，目的是寻求最佳的形态和画面。一般构思是在创作的开始阶段，但在创作的过程中会不断地调整，因突发的灵感而变化，开始可能是朦胧的、粗略的符号或形象，但这些原始形象会激发进一步的想象，而且方向会很多。(图3-10)

### 2.草图

构图确定后，进入草图环节，先有一个大致的构图安排。

（1）构图

指在创作中在一定的空间设定和处理人和物的关系，将个别或局部的形象组成艺术的整体，即布局。常用的构图方法有以下几种。

①三点（三角）构图：指在画面内确定三个点，所有的构成要素全部在这三个点组成的三角形以内。特点是使画面中所有要素形成有规律的一个整体，并能突出中心。(图3-11、图3-12)

②"S"形构图：适用于有层次感的作品，即有前景、

图3-11 Zachary Pullen 插图设计
　　三个人物的头像构成了稳定的三角形。

图3-12 Parkes Michael 《极光》

斜三角表现一种动感，女神向左展开的翅膀平衡了画面。

图3-13 安倍吉俊 《灰羽毛的天空》插图

用"S"形构图表现了画面空间层次和人物的前后关系。

图3-14 蒋健玮 FUN

女孩弯曲的身体构成了"S"形，向后铺开的长发加大了主体曲线的弯度。

中景、远景甚至最远景的画面。（图3-13至图3-15）

③发射形构图：有一个发射中心，是画面的焦点。一般将表现主题放在发射中心位置，能够引起强烈的关注。（图3-16）

④对比构图：是一种非规律性的构图手法。特点是：通过画面中心的要素，如主客体、形状、大小、方向、位置、虚实、色彩等对比来构图。构图时尤其要注意画面的平衡与变化中的统一。（图3-17至图3-20）

图3-15 以色列 Tomer Hanuke Xtreeem

"S"形构图表现了画面的多层次性和丰富的内容。

图 3-16 阿兰·波拉克 *The Omega Expedition*

图 3-17 奥地利 丽丝白·茨威格 《夜莺》插图

画面的留白和主体之间形成疏密对比,河面的投影与主体形成虚实对比。给观者带来一种意境幽远的视觉效果。

图 3-18 William Bramhall *Buy&Sell*

方向与位置的对比,使画面有种强烈的不稳定感。

图 3-19 Arthur E.Giron 插图设计

画面表现形式采用了两种不同的风格:追求体积感的写实与线条感的写意构成强烈的对比。

图 3-20 John Patrick 《鸟》

画面中的主体形象采用红色,与背景的冷色调形成鲜明的对比。

图3-21　安倍吉俊《灰羽毛的天空》插图
　　仰视使主要人物的形象更高大。

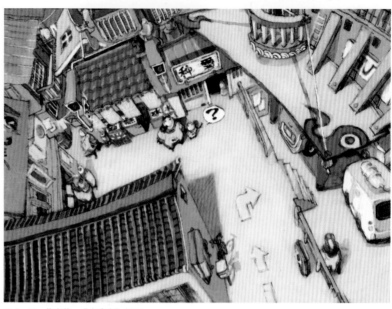

图3-22　黄嘉伟　《冷冻街》插图
　　表现大的场景时一般用俯视图，像鸟在天空往下看一样，也叫鸟瞰图。

　　⑤透视法构图：视点的变化可以让画面摆脱平视的单一，变得新颖而独特，把安静的画面变得生动起来。包括俯视、仰视和强透视。处理好的关键在于对透视的把握，掌握人体结构和各种透视关系都是非常重要的。(图3-21至图3-24)

图3-23　马克·布鲁克斯　*Spiderman*
　　俯视拉大了主体形象与地面的距离，使人物的搏击更有动感。

图3-24　加拿大 Kaare Andrews　《蜘蛛侠》
　　仰视增强了楼宇的密度，仿佛广角镜头，使画面呈现出极强的透视感。

（2）色彩关系

在进行色彩构思的过程中会发现，由于色彩的加入，原来的结构会产生变化。
为了整体的把握，构图时应考虑色彩的内容，要考虑到色彩的对比、协调、冷暖、
色调等色彩关系及色彩面积的构成关系。（图3-25至图3-27）

图3-25 几米 《月亮不见了》插图
　　冷暖两个色调的画面表现了白天黑夜不同的场景。

图3-26 几米 《月亮不见了》插图

图3-27 周崛 《可恶的虫子》

作　　业：构思训练。

　　　　　　寝室一角

　　　　　　夜晚的道路

　　　　　　墙、影子、树、窗

作业要求：1．任选同一个主题用两种形式的构图、构思来表现。

　　　　　　2．注意运用明暗语言营造画面的气氛，用黑白色或单色表现。

　　　　　　3．工具不限，注意画面情节或情感的表现。

　　　　　　4．尺寸：25cm×30cm。

作业提示：三个命题都是考查学生的想象力和画面组织能力，可以通过不同的视角将画面元素进行多种组合，会得到很多意想不到的视觉效果。

## 示范图例（图3-28至图3-30）

图3-28　学生作品　黄丹丹　《寝室一角》草图

图3-29　刘晶林《"有鬼"的寝室》　黑白稿

同样的主题可以从不同的视角去构思，组织画面的内容、构图也各不相同。

图3-30　《墙、树、窗、影子》黑白稿　选自上海人民美术出版社《插图设计》　唐鼎华编著

通过四个不同物体考查对空间与透视的组织能力，可任意组合构成不同感觉的画面。

图3-31 宫崎骏 日本动画片《魔女宅急便》设计稿

## 参考图例（图3-31至图3-35）

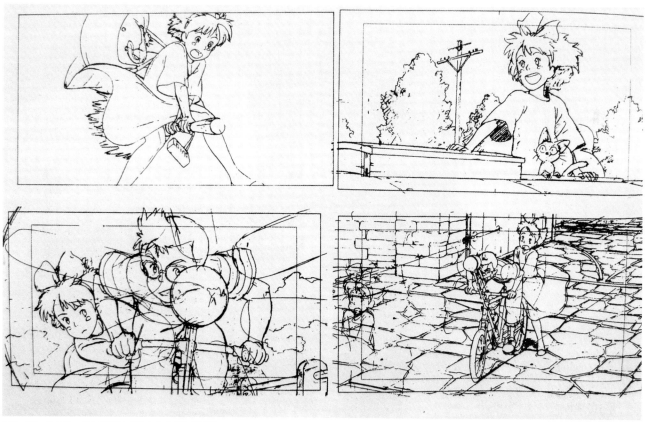

图3-32 宫崎骏 日本动画片《魔女宅急便》设计稿

图3-33 宫崎骏 日本动画片《魔女宅急便》设计稿

图3-34 设计稿 选自河北美术出版社《现代动画设计》 孙立军编著

宫崎骏的作品中设计稿的绘制非常严谨，人物的动态、表情以及背景的透视和结构都很到位。

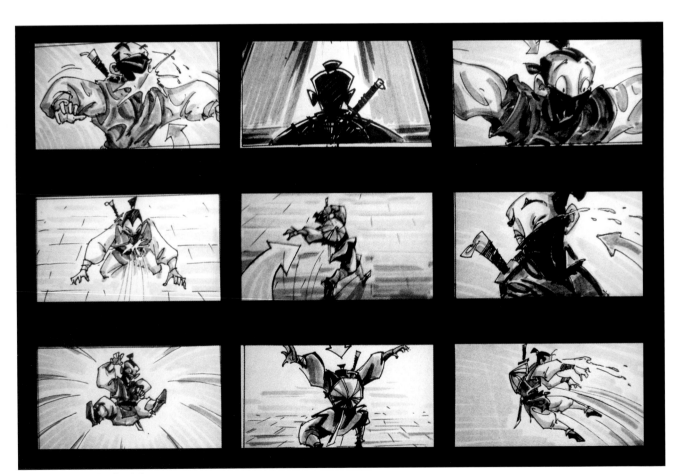

图3-35 黄勇 《卧虎藏龙》草图

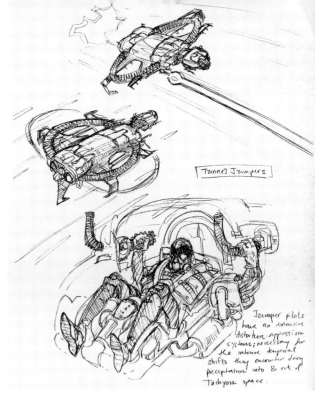

## 四、插图的素材与资料收集

素材是指与插图内容相关的原始形象资料。资料是为插图服务参考所用的形象资料、技法资料、艺术处理资料。

当完成设计定位，进行了构思后，收集相关资料与素材是一个相当重要的环节，属于创作的前期准备工作。

必须多方涉猎，吸取养料，可以采取以下方法收集。

1. 速写

针对插图内容，把相对应的形象内容描绘下来，包括人物形象内容、道具形象内容、场景形象内容等。这些形象也许在头脑中的印象是模糊的，通过速写手段，把它们详细地记录下来，为创作后期的正稿作参考之用。（图3-36、图3-37）

2. 照相机拍摄

数码相机最为方便，适合在特殊的情况下使用，如在昏暗的光线下或在对象快速的运动中，速写无法去记录，而相机就能发挥特长，快速记录下素材。（图3-38、图3-39）

插图素材来源非常广泛，从文学作品、电影、电视连续剧、广告、Music Video、网络、生活中都可以获得丰富的信息、资料或灵感。（图3-40）

总之，前期的积累非常重要，除了收集素材、资料外，学习别人的处理方法、构图形式等，会从中得到更多启发。

图3-36 克里斯托弗·莫伊勒 *unnel Jumpers* 设计稿

作　　业：素材资料的收集。

作业要求：1.依据前面的构思和草图，针对某一主题进行素材资料的收集。

　　　　　2.用速写的方式或用相机拍摄收集素材资料。

作业提示：利用速写或拍摄的手段可以多角度收集原始形象，尤其注重局部细节的收集，多多益善，为创作做好充分的前期准备工作。

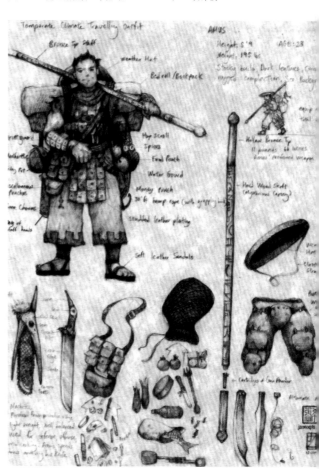

图3-37 张希 *Amuspapg* 素材收集

图 3-38　周崛　《红衣女孩》设计稿
以人物摄影照片为原型进行设计。

图 3-39 周崛　《红衣女孩》正稿
在原型人物的基础上加以场景的处理，赋予角色更加生动和理想的神态。

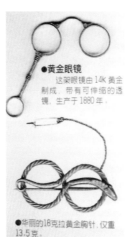

图 3-40　维多利亚时代的生活用品　选自素材网站

## 五、插图的制作

草图和素材资料完成之后，进入正稿阶段，创作过程的前后阶段是相互紧密联系的，正稿进行得顺利与否与前期的准备工作相关密切。

一般创作的步骤如下，在实际制作中还要凭自己的经验和习惯加以使用。

### 1．手绘制作

以水彩色、水粉等湿画法为示范，这是一种比较简单且应用广泛的制作手法。

（1）打底稿：在上正稿后不能多用橡皮擦，可以先在其他纸上打底稿，复印纸和素描纸、卡纸皆可。

①在黑白稿的基础上放大，用铅笔画出构图的大致轮廓。

②仔细描绘细节，一丝不苟。包括人物的表情、配饰、头发等。

③背景如有实物，也应该仔细画出结构，如果是抽象的气氛背景可不需描绘，在上色时直接做处理。（图3-41）

图3-41 蒋健玮 *Good Morning* 步骤图
1 铅笔稿

图3-42 蒋健玮 *Good Morning* 步骤图
2 拷贝

（2）拷贝：把画好的底稿通过透写台或硫酸纸等形式拷贝到水彩纸或卡纸上，这样可以保持纸面干净整洁。（图3-42）

（3）涂色：有的画上色之前须要勾线，也可以完成色彩之后上墨线，也有不用墨线勾边的，这要根据画面的需要来定。上墨线须使用耐水性墨水，注意线条的虚实浓淡，勾勒要有粗细变化。（图3-43）

使用颜色上色时要注意以下要点：

①在画肌肤等需要描绘得比较光滑的部位时，要等第一层颜色干了之后再上第二层色，这样才能逐步加深，切忌第一遍就涂得很深。在第一遍色很湿时上第二层色，容易产生水渍混合。另外，颜色湿时会显得较深，干了之后会变浅。（图3-44）

图3-43 蒋健玮 *Good Morning* 步骤图
3 墨线稿

②使用水彩色的一般原则就是要从淡的颜色开始上色，依次上到深色为止。一般从主体的脸部开始画，然后是衣服、场景等。（图3-45、图3-46）

③也可利用湿画法特有的渗透融合效果，渲染出特殊的气氛。（图3-47）

（4）调整

上完色之后要反复调整，注意画面的统一和变化。需要特殊处理的地方（如雾气、光线、光斑等），可尝试使用彩铅或色彩笔进一步加工。（图3-48、图3-49）

图3-44 蒋健玮 *Good Morning* 步骤图
4 从脸部开始上色

从阴影部分，也就是颜色比较暗的部分开始上色，先用水打湿纸，未完全干时着色，这样肤色会自然润开。

图 3-45 蒋健玮 *Good Morning* 步骤图 5 衣服的处理

图 3-46 蒋健玮 *Good Morning* 步骤图 6 背景着色

图 3-47 蒋健玮 *Good Morning* 步骤图 7 天空上色

使用湿画法，先上一层清水，再涂上色，画笔的含水量要大些，注意要趁水未干时赶快上色。

图 3-48 蒋健玮 *Good Morning* 步骤图 8

在处理背景时，可以用油性色铅笔来制造效果，调整画面细节。

图3-49 蒋健玮 *Good Morning* 步骤图9 完成稿

图3-51 翁子扬 《新〈三国演义〉》插图

漫画形式的《新〈三国演义〉》主要针对青少年观众，所以在人物设计上追求时尚化、现代化。画面使用"Painter"软件模仿毛笔的笔触，使作品充满浓郁的中国画意境。

图3-50 《森气楼》 选自网站

## 2.电脑制作

随着计算机图形图像技术的发展，有越来越多的画家利用电脑进行插图的创作。目前对于这类利用电脑进行的绘画创作，行业内也有一个新的说法——数字绘画。（图3-50）

利用电脑进行插图的创作自然离不开绘图软件。从软件的工作原理上来说电脑绘图软件大致可以分为位图（点阵图）和矢量图（向量图）两大类。

（1）位图类电脑插图的绘制

利用电脑创作大致可以分为两种绘制思路。一种是充分地利用电脑软件的特性和优势，体现出电脑绘画色彩绚丽、光感强的特点。另一种是充分利用电脑绘画的优势并结合创作者的绘画功底，在电脑里模拟传统手绘的效果。如粉笔、彩色铅笔、中国画和油画效果。（图3-51）

这里我们用一幅漫画的插图绘制来说明。

在Adobe Photoshop中新建一个文件，大小自定，将分辨率设置成300点。选择画笔工具，新建一个普通图层，

用类似水粉画的方法先铺上大的颜色和形体关系。在画小孩和外星人的时候，要注意两人的前后关系。(图3-52)

用Adobe Photoshop自带的画笔自定义出一个新的画笔(图3-53)。用自定义的画笔画出背景(图3-54)。(自定义的画笔用的是默认的星形画笔，加上"扩散"、"动态颜色"和"其他动态"。)由于是晚上，所以画的时候颜色的变化不要太大，注意整体。(图3-55)

新建一个图层，设为"正片叠底"。将画面的颜色压深。(图3-56)

新建一个图层，设为"强光"。根据设计好的画面，刻画出合理的光照效果。这幅画表现的是一个逆光的效果，在画的时候顺着外轮廓的光线变化体现出物体的结构。外星人后面的光柱可以使画面显得神秘。(图3-57)

新建一个图层，画出前景的物体，让画面显得丰富一点。(图3-58)

这种画法的基本思路和传统手绘比较类似，一般的人都能很快接受。位图的绘制关键是利用图层的各种属性。线、色、光都分别绘制在不同的图层之上。

我们也可以用电脑画出充满质感的插图作品。在绘制这类作品的时候，一是需

图3-52 吴浩 《外星人》步骤图1

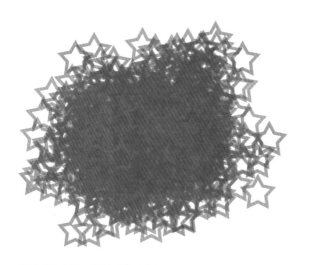

图3-53 吴浩 《外星人》步骤图2

图3-54 吴浩 《外星人》步骤图3

图 3-55  吴浩  《外星人》步骤图 4

图 3-56  吴浩  《外星人》步骤图 5

图 3-57  吴浩  《外星人》步骤图 6

图 3-58  吴浩  《外星人》步骤图 7

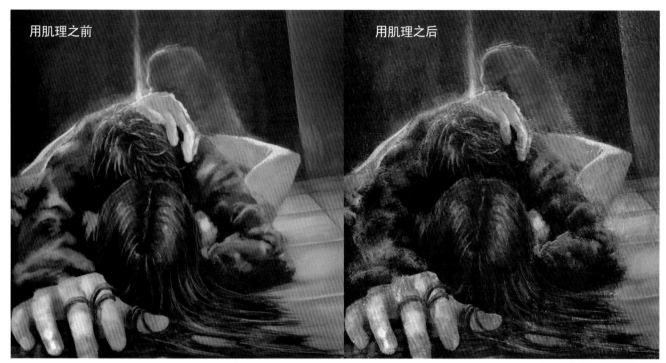

用肌理之前　　　　　　　　　　　　用肌理之后

图3-59 吴浩 《笨笨的吻》

要富有质感的自定义笔刷（网上有丰富的笔刷资源下载），二是需要贴图素材，如木纹，石材等。将这些素材结合蒙板修改形状，再将其图层改为"叠加"或"强光"等属性。这样原来绘制的色块就会出现肌理的效果。（图3-59）

（2）矢量类电脑插图的绘制

矢量类插图绘制的成败在于其设计感的好坏。绘图的基本元素是矢量线条（贝兹曲线），所以只要掌握好矢量线条的使用基本上就可以了（图3-60）。从绘制的技法上来说矢量图形的绘制比位图的绘制要简单，只是很多习惯了手绘的人刚开始会不适应这种相对机械的画法。

现在我们通过在Flash软件里绘制一个简单的卡通人物来说明矢量图的绘制。

①用直线工具画出一个矩形，再用箭头工具将每一条直

图3-60 《多拉魔盒》插图 选自网站

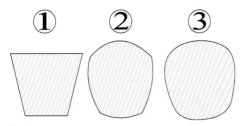

图 3-61 合肥同人文化　Flash 角色设定　步骤图 1

图 3-62 合肥同人文化　Flash 角色设定　步骤图 2

图 3-63 合肥同人文化　Flash 角色设定　步骤图 3

图 3-64 合肥同人文化　Flash 角色设定　步骤图 4

图 3-65 合肥同人文化　Flash 角色设定　步骤图 5

图 3-66 合肥同人文化　Flash 角色设定　步骤图 6

线调整成弧线。最后调整至一个脸型。选中并将其"群组"。（图 3-61）

②用直线、箭头工具画出前面和后面的头发，将两个形体分别"群组"。（图 3-62）

③画出耳朵，并对称地复制一个。将两个形体分别"群组"。（图 3-63）

④将它们摆出一个人脸的造型。（图 3-64）

⑤画出脸上的其他部分并分别"群组"，最后摆到合适的地方。（图 3-65）

这种画法的基本思路是：将一个形象理解为很多个不规则的小形体，用直线将它们逐一画（切）出来。利用箭头工具将直线调整成我们需要的弧线，最后成为我们需要的形状，分别群组。通过缩放、复制、旋转等步骤将这些小形体组合成为最终的形象。（图 3-66）

作　　业：色彩稿的制作。

作业要求：1.工具不限，手绘和电脑制作可结合使用，色彩不限。

　　　　　2.尺寸：30cm × 35cm(手绘) 、 A3（电脑出图）。

作业提示：正稿的制作是插图设计创作效果的最关键的步骤，它决定着插图最终的效果。根据黑白稿和收集的素材资料，可以进一步完善和修改。注意色彩加入后画面的重心会有所改变，要根据情况进行调整，使用颜料和纸张的不同也会影响画面的视觉效果。

3-67 学生作品 何立科 《墙、树、窗、影子》色彩稿

图3-68 学生作品 黄丹丹 《宿舍一角》色彩稿

## 示范图例（图3-67至图3-70）

3-69 学生作品 丁莲 《夜晚的道路》色彩稿

图3-70 学生作品 张秦岭 《夜晚的道路》色彩稿

## 第二节 插图设计的应用

■ 训练内容：插图在书籍、招贴广告、产品包装、动画游戏等媒体中的运用。

■ 训练目的：1.了解插图设计的应用范围和各类插图形式特有的艺术魅力，掌握
不同媒介物中插图设计的原则。

2.通过不同载体中的插图设计，培养学生的设计理念和创新能力。

■ 训练要求：手绘或电脑绘图。

### 一、书籍类插图

书籍类插图包含一切出版物中的插图。这类插图是为了书籍封面、版面、正文
而创作的。插图可以补文字表达之不足，它从属于书籍，一般来说它不能离开书籍
而独立存在。书籍是具有商品属性的，是文化商品。不同类别与性质的书籍，所采
用的插图风格、技法等也不尽相同。

了解书籍插图特有的艺术特点，掌握书籍插图的创作原则。

1.小说类插图

小说类插图一般都是围绕故事情节，人物和场景气氛等来进行创作的。它要求

图3-71 蒋健玮 《简爱》封面插图
新漫画形式的插图，是为青少年版名著
系列配画的封面。

图3-72 唐彦 《爱或自由》插图

图3-73 司玮 《家》插图

图 3-74 Kinuko Y.Craft 《灰姑娘》插图

　　画面描绘了魔法实施的那一瞬间，生动细致的情节表现十分完美。

作者熟悉作品的主题和内容，有自己的独特见解，以个人感受结合个人风格的表现形式，再现小说的精神内涵。(图 3-71 至图 3-76)

图 3-75 日本 宇治 《月》封面设计

图 3-76 陈海玲 《顿悟》插图

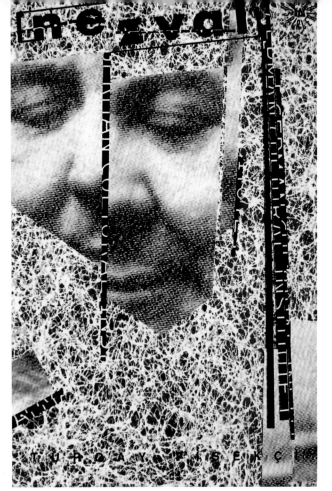

**2.散文、诗歌类插图**

诗歌、散文的特殊体裁决定了插图在创作时应该避免受情节和具体细节描写的束缚，运用线条、色彩、空间等语言材料组织出抒情的基调，营造出韵律美、意境美。创作时应着重于意境的表现。一般来说，意境的产生规律是："静生远，远生意，曲生深，深生境。"如诗歌中的"月落乌啼"、"山色空蒙"，再如"犹抱琵琶半遮面"、"禅房花木深"等，都是由静而远、曲而深来构成意境的。（图3-77至图3-79）

图3-77　土耳其　斯迪克·卡拉穆斯塔法《地球诗人》系列丛书封面设计
　　将摄影头像解构重组，与背景抽象的纹理构成令人深思的画面。

图3-78　唐鼎华　《江南山歌》插图
　　通过人物的表情描绘传达了画面的情绪。

图3-79　学生作品　乔伟娜　《一个人的旅程》插图
　　用冷色调表现优美冷清的意境，营造诗一般的感觉。

### 3.儿童读物插图

儿童读物插图以启发儿童心智，启迪儿童健康的审美意识为主要目的。儿童正处于所谓的视觉年龄时期，只关注事物的突出特征和鲜明饱和的色彩。在设计时应根据儿童的心理特征、理解能力和想象力，作相应的夸张变形，造型上拟人化，色彩上简洁明快，整体风格多为活泼有趣。（图3-80至图3-85）

图3-80　斯科特·古斯塔夫《白雪公主》插图

　　童话故事中的情景仿佛真实再现，精细逼真的描绘将人带回童年的世界，也令人惊叹画家精湛的艺术功底和表现技法。

图3-81　斯科特·古斯塔夫《小红帽》插图

图3-82　斯科特·古斯塔夫《青蛙王子》插图

图3-83 Brian Ajhar *Home On the Rance* 插图

图3-84 加拿大 拉里·迈克道格尔《南瓜商人》插图
　　在这幅作品里保留了传统精灵童话故事惯有的表现风格，使得了水彩、水粉、彩色铅笔的综合表现手法。

图3-85 熊亮 《两个海岛》插图

4.科学技术类插图

科学技术类图书量大而广，主要分为自然科学和社会科学，也包括其他教科书类。

创作科技类插图要严谨、真实、准确、规范，多以写实表现为主要插图手法。在科技插图中，产品分析图、人体解剖图、建筑设计图、动植物标本图比较突出。（图3-86至图3-88）

作　　　业：选择某一篇文学作品中的某一片段进行插图设计。

作业要求：1.题材任选，在插图背后注明所表现的文字内容。

　　　　　2.要求表现一定的情节、意境。有生动的形象、细节和场景。符合文字内容。

　　　　　3.表现方式不限，色彩不限。尺寸：25cm×30cm。

作业提示：注意不同题材的书籍对插图的特殊要求，结合文字阅读及理解的趣味性，利用巧妙的联想将抽象的文字内容视觉化，将大段的文字所传递的情节用凝练的视觉语言表现出来，构成具有丰富内涵及暗示意义的画面。

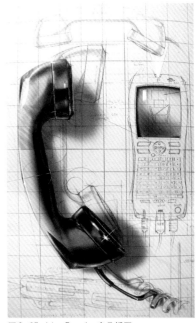

图3-87 John Francis 产品插图

图3-88 Bill Reynolds 地图插图

将地图与当地的植物结合表现，使枯燥的科普知识变得生动明确。

图3-86　人体解剖图　选自西南师范大学出版社　《商业插画》张雪编著

## 二、招贴广告插图

招贴广告插图是为宣传某一信息而进行的设计形式。招贴的主要要素是图形、色彩、文字。多数招贴画以图形为视觉中心，而绝大部分图形又是以插图的形式来表现的。如公益文化广告主要借用图形的联想间接传达出抽象的信息或理念；商品广告主要是以商品形象为主体进行宣传；电影海报主要是展示电影人物内容的插图；旅游招贴画主要是展示景点风光的插图，文字次之。

招贴广告插图通常以简洁醒目的形象和色彩吸引观者的注意力，通过巧妙构思，新颖独特的创意构成内涵丰富及暗示意义的画面，从而引发观者的无限想象，达到宣传目的。(图3-89至图3-97)

图3-89　洪骏业　《匡威》广告插图
画面用简洁随意的线条勾勒出主体形象，个性十足，极具时尚感。

图3-90　张晓晴　《融合》系列广告插图
灯泡为载体，将中西方文化融会在一起，色彩鲜艳，构思独特，有极强的视觉效果。

图3-91　陈海玲　《In China》

图3-92　学生作品　储长英　商业插图

图 3-93 J.T.Morrow 商业插图

图 3-94 美国 路易斯·菲莉《绞首台》

图 3-95 Hugh Syme 广告插图

作品以轻松、嬉戏的拟人化手法表现了产品的性能，使人们非常容易接受插图所传递的信息内容。

图 3-96 Dan Fell 旅游广告插图

突出当地的名胜古迹是旅游广告的主要表现手法，让人一目了然。

图 3-97 《环境保护》 选自 Scott & Daughter 出版公司《工作手册 27 "设计与插图"》

通过对比突出主题传递的信息：环境对于生存的重要性。

作　　　业：招贴广告中的插图设计。在下列主题中任选一题进行创作。

　　　　　1.关于某种商品的联想。

　　　　　2.关于环境问题。

作业要求：1.主题明确，信息传递准确，宣传形象突出。

　　　　　2.创意新颖，富于内涵。

　　　　　3.表现方式不限，色彩不限。尺寸：A3。

作业提示：命题是对商业类广告插图和公益类广告插图的设计练习，注意画面
　　　　　中插图的使用要和宣传的主题一致。


## 三、产品包装插图

　　产品包装使插图应用更为广泛，包括食品包装，日用品包装，化妆品包装，文具包装，光盘包装，手提袋等。

　　这种包装介于平面与立体设计之间，实物包装本身不是平面而是立体的，它有多个面。设计时必须运用立体思维，充分考虑到不同的平面依附在同一个体积上的

图3-98　刘岳明　干花礼品盒
　　包装盒面上除了描绘了许多色彩鲜艳的花卉图形外，更妙的是有一只栩栩如生的蝴蝶被立体地展示在盒面上，仿佛被花香吸引了过来。

图3-99　日本　秋月繁　漆器脸谱装饰盒
　　包装从适合日本民族审美习惯的玩偶、脸谱中吸取了设计元素，具有鲜明的传统装饰性。

效果，照顾不同面之间的关系，使之形成有机的整体。

产品包装插图通过图形、色彩的视觉冲击力，使产品通过陈列架上的展示，吸引顾客，从而达到促销的目的。（图3-98至图3-106）

图3-100 美国 柏特乌里克 皇冠中心圣诞袋
为吸引众多的客户，以白鸽体现迎合和平的心声，选择了节日问候，传达圣诞到来的欢愉信息。设计简明，与主题相吻合。

图3-101 韩东 邹平 "嫁娶" 巧克力礼盒
图形采用老上海时尚女性的形象，内盒结构设计成旗袍的样式，使整个包装有浓浓的传统气息，充满了喜庆色彩。

图3-102 徐力 沙尔内衣包装
包装用处理过的摄影人像为主要图形，通过不同的动态凸显出时尚感。

图3-103 Kam Tang 为专辑 *Two Culture Clash* 做的插图。

图3-104 Kam Tang 为"The Chemical Brothers"乐队专辑 *Push The Button* 做的封套设计。

图3-105 陈海玲 CD 包装

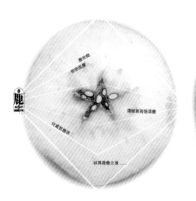

图3-106 陈海玲 CD 包装

作　　业：产品包装中的插图设计。选择你喜欢的一种商品，为它设计一幅包装的主要展示面。

作业要求：1.信息传递准确，宣传形象突出。

　　　　　2.创意独特，内涵丰富。

　　　　　3.表现方式不限，色彩不限。尺寸：自定。

作业提示：学会定位思考，了解不同种类的产品包装对插图设计的要求不同。

　　　　　注意产品形象色的使用，以及文字和图形的组合编排。

## 四、动画、游戏插图

电脑的普及，以及被称为"第四媒介"的网络的出现，改变了传统的以书本为载体的传播方式。数码技术的发展为插图设计增添了另一个空间，从而形成了特殊的插图形式。动画一般一秒钟播放26帧左右，而每一帧其实就是一幅插图，同音乐脚本等结合起来，使插图的形式由静态上升到动态。除了电影动画外，电子游戏在娱乐行业兴起，它特殊的互动形式和虚拟的特点强烈地刺激着、吸引着青少年，成为生活中不可缺少的娱乐方式，游戏的发展也带动了游戏插图的发展。

作为传播信息的载体，动画与游戏同其他媒体在设计上既有许多共同之处，也遵循着一些自身的特点。由于表现形式、运行方式和社会

图3-107 加藤久仁生 Flash作品《旅人日记》

神秘的色调，手绘风格的画面，奇特的造型，自由的想象力，使作品呈现出强烈的个性。

功能不同，在其设计时又有自身的特殊规律，是技术与艺术的结合。具体设计时为了突出鲜明的主题和它们特殊的功能，人物形象、场景、道具设计都要通过变形与极"不合理"的内容组合来，塑造与要求相吻合的造型。（图3-107至图3-113）

图3-108 中央电影公司 动画电影《梁山伯与祝英台》

图3-109 陈建松《拼图者》

图3-110 陈建松 "Black"人物设计

图3-111 暴风雪《辽人男子》角色设计

图3-112 郑问 《三国志》游戏场景设计

　　场景由3D制作，结构细腻，质感真实，整体立体效果显著，令人有身临其境的感觉。

图3-113 盛大《梦幻游戏》插图

作　　业：动画、游戏中的插图设计。以人物或其他形象为主角设计一组插图。

作业要求：1.角色设定生动鲜明，造型夸张。

　　　　　2.表现方式不限，色彩不限。尺寸：A3。

作业提示：由于表现形式、运行方式和社会功能的不同，在其设计时又有自身的特殊规律，注意角色的性格表现，可以通过设计几种不同的动态和表情变化来突出人物的个性。

## 五、其他媒介中的插图

在与视觉传达相关的设计中，插图以独特的魅力感染着消费者，无论是在年历
贺卡、样本、宣传册、各类杂志中，还是在服装、服饰中，甚至在家居用品中都能
成为大家喜闻乐见的形式。可以说，插图影响着、美化着人们的生活，人们在获取
信息、使用商品的同时，也享受到插图带来的艺术美感。（图3-114至图3-123）

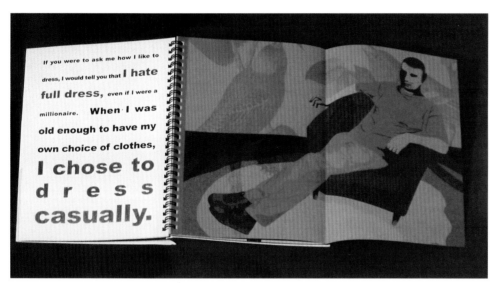

图3-114 欧德诚 "Sparkles" 服装推介手册

图3-115 麦思齐 "NBC" 发表酒会请柬
特种纸张的肌理，漫画式的人物形象
都彰显出本季服装倡导的休闲自然主义。

图3-116 张映彬 蛇年贺卡《金蛇秘笈》

以线描人物作插图，采用中国古书装订形式，整
体突出中国传统特色。

图3-117 Rick Vanghn 公司十周年请柬

带有传统色彩的图形着重强调数字"10"，运
用丝网印刷技术将其印在了自然风格的硬纸板上。

图3-118 秦伟 请柬

图3-119 可口可乐圣诞新年卡 选自平面创意资料库 中国轻工业出版社　　图3-120 陈海玲 画展请柬

作　　　　业：以"年"为设计主题，通过贺卡、服饰、靠垫的样式呈现出来。

作业要求：1.要求突出"年"的主题和气氛。

　　　　　　2.插图具有强烈的装饰感，注意不同的载体所呈现的特别样式，要
　　　　　　　求画出效果图。

　　　　　　3.表现工具不限，色彩不限。尺寸：自定。

作业提示：由于各种媒介物的材质、功能和表现形式的不同，在其设计时又有
　　　　　　各自的特殊要求，注意不同的载体对插图设计的要求。可以结合传
　　　　　　统的图形和色彩来表现"年"的味道。

图3-121 Louise Fili 咖啡屋菜单、邮寄宣
传品

　　设计采用了几种再生纸制作菜单、信纸
以及名片。用纸张泥土般的暖色与纸张上的
素描图形制造出温馨质朴的感觉。

图3-122 美国 Jeremy Scott "adidas"黑色系列·接触文化
设计师将已故设计大师Keith Haring的涂鸦作品用于
"Adidas"的设计中，醒目独特，具有流行文化的时尚感。

图3-123 法国 Fafi "adidas"粉红色系列·红粉菲菲
使用的图形和色彩充满女性的甜美娇柔，为这一
运动品牌增添了女性独特的气质。

图3-124 学生作品 服装设计

　　作品以中国传统吉祥纹样和牡丹花图形为元素来设计服装，采用红色系，充满了节日的喜庆色彩。

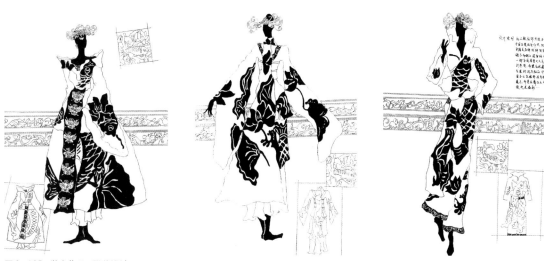

图3-125 学生作品 服装设计

　　作品以鱼和莲花的造型为元素进行设计，有"连年有余"的喜庆寓意。整个设计具有浓郁的中国传统特色，图形运用生动大气。

## 示范图例（图3-124、图3-125）

## 参考图例（图3-126、图3-127）

图3-126 巴巴家靠垫和软枕 　　　　　　　图3-127 巴巴生活用品

# 第四章　作品赏析

图4-1　埃舍尔　《三个世界》1955 年

　　在这幅作品中，可以看到水底、水面、水上三个世界。这三个世界都有清楚的代表物：鱼儿在水底游泳，落叶漂浮在水面上，树木和天空倒影在水里。一切都那样逼真，却又离现实很远。这就是埃舍尔创造的神奇的视觉魔术。

图4-2 埃舍尔 《手持球面镜》1935 年

　　画面通过埃舍尔手中的球面镜看到整个房间里的景象。这幅石版画表现出他深厚的走向功力，托着球面镜的手真实有力，不禁使人产生"只手托起世界"的豪气。

图4-3 诺尔曼·罗克威尔 《下水道管工》1951年

诺尔曼·罗克威尔为《星期六晚邮报》作的插图。

图4-4 德国 汉斯·希尔曼 《鬼火》电影海报

作品用摄影手段创作,它的表现超越片名的限制,一张脸被枯萎的树叶叠化,通过虚幻的题材使人联想到诡异的东西。

图4-5 罗伯特·福塞特 《Hercule Poirot》(阿加莎·克里斯蒂小说)插图

图4-6 捷克 阿方斯·缪夏 为PLM铁路创作的海报

这幅插图充分体现了阿方斯作品的装饰性效果,女孩的表情和动态专注而虔诚,整个画面安宁而美好。

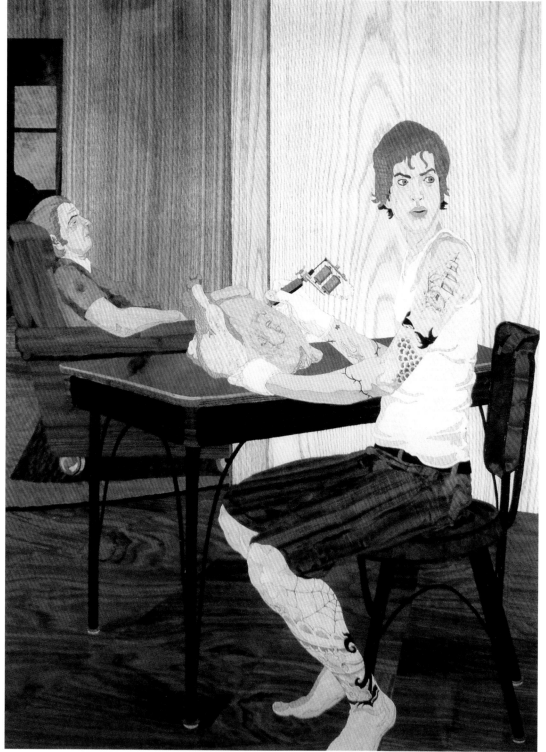

图4-7 Alison Elizabeth Taylor 《文身者》

　　作品使用不同材质和颜色的木纹拼贴而成，利用木板的原生态纹路纵横组合构成画面特殊的材质美。

图4-8 斯科特·古斯塔夫《梅林与亚瑟》

图4-9 斯科特·古斯塔夫《白雪公主》

斯科特·古斯塔夫的作品大多取自古老的传说或童话。欣赏他那浪漫、多彩、纯净、天真、富有幻想的古典插图作品，你会被画面上每一个细节所打动，惊叹他奇异的想象力和令人折服的绘画功底。

图4-10 基诺·丫.克拉芙特
*Elean Of Aquitaine*

　　基诺·丫.克拉芙特是当今美国最受欢迎和最具影响力的幻想插图画家之一。华丽的色彩、细致入微的刻画、迷幻的意境，使其在同类插图作品中别具一格。

图4-11 奥地利　丽丝白·茨威格　《拇指姑娘》插图

图4-12 奥地利　丽丝白·茨威格　《夜莺》插图

　　丽丝白·茨威格的作品利用色彩和写意的表现营造一种近乎中国水墨画的意境，给观者带来飘渺悠远的梦幻感觉。

图4-13 Parkes Michael《沉思的吹笛手》

    Parkes Michael 擅长表现天使与动物，在他的作品中最常见的是天鹅、狮子、猫、鸽子等，画风细腻柔和，呈现一种唯美宁静的优美意境。

图4-14 唐纳托·吉恩科拉 *Elegy for Darkness ——The Lady of Shalott*

    古典的油画表现技法，肌肤和衣物的质感几近真实，这是唐纳托·吉恩科拉最为擅长表现的，曾多次荣获"魔戒"插图大奖。

图4-15 瑟鲁罗·卡普拉 *Sword of Bedwyr*（丙烯）

    擅长用丙烯作画，所创作的大多是魔幻题材，画面色彩明艳，对比强烈，呈现出缤纷绮丽的幻境。

图4-16 瑟鲁罗·卡普拉 为歌手Steve Vai 创作的石艺作品

图4-17 Rowena 《鬼来的时候》

图4-18 Jacek Yerka 《收获》

Jacek Yerka 的作品充满奇异的想象力，往往在画面中出现不同时空的物体同构在一起，显得怪诞而奇妙。

图4-19 阿兰·波拉克 *The Country of The Blind*

图4-20 几米《月亮不见了》插图

图4-21 日本 粥川由美子 *Psychokinesis*

　　将禅意十足的日本传统画风与自由随性的波普艺术协同作用，以一种乐观的心态对待流行时代与信息时代的文化。

图4-22 汤姆·布莱克韦尔 超写实油画

　　超写实主义的形式注重表现物体的质感和立体感，将物体刻画得异常逼真。

图4-23 村贵宏 人物拼贴画

图4-24 日本电影海报《蛇舌》

图4-25 日本 藤原薰 少女漫画插图
　　藤原薰的作品采用水彩透明画法，表现的少女形象非常清新自然，有时结合网点纸使用，营造出丰富的画面层次。

图 4-26　Garin Baker　插图设计
　　写实的手法真实再现了事件的场景，人物动态表情刻画生动，构图采用一点透视，可以将视野延伸，表现集聚的人群。

图 4-27　《New York》选自 Scott & Daughter
出版公司《工作手册 2 7 "设计与插图"》

图 4-28　Wade Harris　插图设计

图 4-29　Sandra Bruce　插图设计
　　布贴背景和线条构成对比，营造出画面特有的

图 4-30 Tom Newsom 商业插图

唯美的场景，精致的描绘，仿佛感受到大自然的花香鸟语，让人联想到果汁的鲜美可口。

图 4-31 Perk（破壳） 本子系列插图

可爱的漫画风格的插图使普通本子的表情变得有趣，两件设计于上个世纪 80 年代的作品让人爱不释手。

图 4-32 奥地利 施明德 唱片设计

作品中的人像来源于作者偶遇的一位歇斯底里的老人，对他触动颇深，施明德用两张红绿交替变化的脸表现大都市给人们带来的压抑感。

图4-33　过客平面设计作坊　"过客"宣传卡

　　作品采用朴素的牛皮纸和黑白印刷，图形与宣传口号融入上世纪五六十年代的元素，使人仿佛回到了那个轰轰烈烈的时代。

图4-34　土耳其　斯迪克·卡拉穆斯塔法
《地球诗人》系列丛书封面设计

　　计算机软件的运用使画面具有丰富多变的色彩、质感和层次。

图4-35　日本　安藤亨　"三越百货店"手提袋

　　这是百货店设计的母亲节的购物袋，稚拙的图形和斑斓的色彩出自儿童的手笔，传达出节日的信息。

图4-36　周崛　《东北高速》

图4-37　盛大　《神迹》游戏插图

图 4-38 Brian Ajhar 儿童文学插图

图 4-39 韩国 林学旭 动画角色设定

图 4-40 Stacey Previn 插图设计

图 4-41 陈海玲 宣传册内页设计

图4-42 Mick Mcginty 《动物园》插图

图4-43 Laszlo Kubinyi 葡萄酒广告插图

用写实的手法表现了葡萄酒产地的美丽风光，采摘葡萄的情景使人仿佛身临其境。

图4-44 陈海玲 书籍插图

图4-45 学生作品 何玲玲 《勇士》

作品采用透明水彩画法，背景运用水彩的湿画法渲染出战后硝烟弥漫的气氛，人物形象设计传达出战后受伤而坚持的情景。

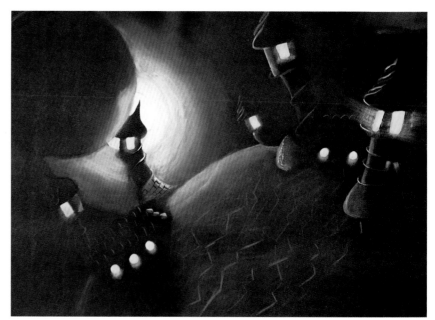

图4-46 学生作品 高蔓 《灵异》

在深色卡纸上作画较容易表现夜晚的神秘意境，用厚颜料画出物体的结构和光影，低长调的明度对比营造出画面诡异的感觉。